歌集

走馬灯《そうまとう》

西村實

Minoru Nishimura

文芸社

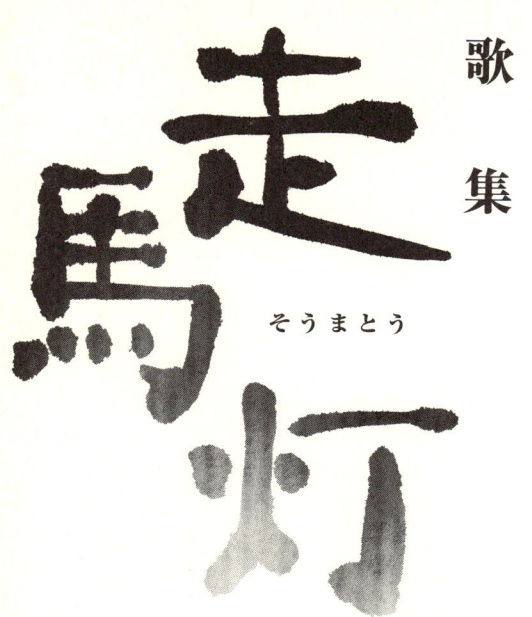

はじめに

生活基盤の確立、社会的信用の充当期としての青春期を、思う存分駆使するなく又その喜びを満喫する術なく苛酷なる戦場で過ごし、敗戦後の荒廃期を潜り抜け、どうにか生きて現在に至っている。

今年は早くも戦後五十八年。早いと言えばこれも又悲しい事実、戦争の事実が風化する速度の速いこと。その昔、八年程前、某新聞社の調査記事を見て驚いたことがあった。それに依ると、吾国は米英連合国の一員であったと、又中国大陸に派兵等していなかったという回答もあったとの記事である。若し仮に今年、前回同様の調査をすればどんな回答が寄せられることだろう? 恐らく戦前の教育を受けし我々には残念だが夢想だに出来ぬ回答が帰ってくるものと覚悟せねばなるまい。当時とても大戦に関する戦記戦史の出版は多くあったのだから、風化という物は又別のものかと首を傾げざるを得ない。

ＰＫＯなる法の解釈を枉げてまでイージス艦の派遣を見る今日、故《ふる》きを温《たず》ねて新しきを知るどころではない。これでは逆だ。またぞろ前車の轍を踏むの愚を繰り返すのではと大いに危惧されるところである。

万斛の恨みを呑んで異境の地に果てたる者達の魂のやすらぎを願う吾々にとりては只々嘆かざるを得ない。

国策により塗炭の苦を舐めさせられる悲劇は、もうご免蒙りたいものである。

今改めて英霊の冥福を祈念し、大方の総意（反戦と恒久の平和）の熱意の消滅なきを願うばかりである。

平成十五年一月吉日

目次

新兵の詠める屯営日誌

（入隊から出征まで）

還らざる友を悼みて詠み置かむ
　苦楽を共の篠山の日々
――楽は獄の誤字でない、念の為――

青春を捧げ初めける篠山の
　思い出今も鮮やかなりき
――五十余年を過ぎけるに――

知らざりき軍事疎きに篠山が
　錦城師団の歩兵たりしを
　　――白紙をば手にせし吾の惑いかな――

即日の帰郷とならば如何にせむ
　検査待つ身の心乱れし
　　――うすら日和の営庭に――

入隊を祝いて出されし祝酒
　干せども酔いの回らざりけり
　　――堅めの酒のほろ苦し――

幾人の手を渉りこし銃ならむ
既に紋章潰しありけり
――奉公の誠を見たりこの磨滅――

吃り癖稍ある兵の点呼時に
いつも遅しと怒鳴られありし
――そは束の間のことなりし――

難しや馴れぬ手つきの針仕事
母がしつけの糸ぞ偲ばる
――もつれし糸の尚更に――

朝駆けに登りしことの記憶あり
盃山とたしか呼びあり
――左党には嬉しき名とぞ覚えけむ――

凍てつきし水道栓を今一度
ひねれど水の雫も垂れず
――わが魚心届かずや――

待て暫しなぜに逃げるや営内靴
足癖よろしきわれの足から
――サイズ違いを嫌いてか――

書く手もつ身の何故の代筆ぞ
問うも笑いて友の明かさず
――聞くは野暮悩みの増す程に――

待ちかねし休憩なりし営庭に
吸える莨の忙しかりけり
――吐き出す煙りは皆、誉――

非常とて呼集に眠りを破られし
兵が嘆きの声を聞かずや
――哀れとて月も姿を隠すなり――

麦飯は旨しと答う人増えし
兵の暮しに溶けゆきありしか
――胃袋よ早も洗脳されあるか――

飯盛りの妙を極めし者ありき
班内一の腕の冴えなり
――見よ、盛りの公平その早さ――

手づかみに残飯くらう友のあり
敢えて強くは吾は止どめじ
――心の揺れの暗かりし――

新年を寿ぎのめる酒なるも
他出叶わぬ憂さぞ残れる
——憂さをば払う酒なるに——

わが便り不都合なりと呼びつけし
士官ありけり暇を愉しむ
——ケチつける暇をこそ吾も欲し——

入室を繰り返しある兵ありき
胸の病の遂に戻らず
——別れの言葉なきままに——

堅き餅噛じりあるかや真夜中の
寝床にかすか気配をぞ聴く
――眠れる猫を起こすまじ――

座金をばつけし士官が友を責む
志願せざるは亡国の士と
――見習えあれと星の瞬く――

射的には自信あれども廃銃は
悔しかりけり狙い外れる
――空くじ無しとはいかざりし――

いたぶりに泡吹き倒る兵ありて
慌てふためく一夜もありし
——明けて一兵又も消ゆ——

寒に入り冷えの酷しき班内の
眠りは浅く途切れ勝ちなり
——浅き夢も見ず——

ときならぬ山の嵐の吹きけるか
むごや班内乱れ荒さる
——つむじ曲がりの嵐よな——

逃亡を重ねし兵の不思議なり
兵役免除になりしと聴くは
――父、県会の大物たりし――

移りける虱今宵のむづ痒し
疲れし吾の眠り妨ぐ
――腐れの縁よと虱のほざく――

余りにも惨き仕打ちの償いぞ
ドタ靴首に班巡れとは
――行過ぎならずや他班まで――

殴られて頬腫らしある吾に母
太りたるやと訊くは悲しき
――麦飯の性に合いしと返しけり――

始めての防具なりせば儘ならず
手間どり惑う者も居りけり
――かじかむ風もなかりしに――

今宵また対抗ビンタ始まりぬ
消灯ラッパの間近なりしに
――火照り悚えし一夜かな――

何をもて吾を庇うや班長の
情を今に量りかねなむ
——蓼にも劣るわれなるに——

取り柄なきわが身なれども風呂のみは
烏に負けぬ特技つけたり
——吾の上ゆく人もあり——

薬風呂指示せる通り使いしが
態度でかしと友の殴らる
——裸の交際あるを知らずや——

帰還兵迎えし班内久方に
笑いの声の弾みありけり
——和みて刻の移るを忘る——

いわれなき虐め楽しむ古参兵
病院下番の身とぞ聞きしが
——心の歪み癒えざるか今だに——

吾はまだ君は見たるか満洲の
鞄染めある黄藍（気合）なる色
——好める者の一人とてなし——
（満州下番）の鞄はどなたも

物干場盗みとらるる世の習い
吾を誘いて友のうろつく
――心咎めの消えざりし――

常日頃動作鈍きも酒保にては
早業見せる兵のありけり
――訓練の成果ここに見ゆ――

マッチをば買い置きくれと面会の
兄の頼みに首をかしげぬ
――悪しき兆しの早も見ゆ――

反戦の士には見えねど盲には
されなとひそと告げし友あり
――同志の友と視られしか――

浪曲を巧みに唸り会場を
沸かせし兵の顔ぞなつかし
――耳朶に残れり名調子――

威張りけるやにも見られしモールをば
つけし参謀おだやかに問う
――末は閣下のゆとりと見たり――

吾等より一月遅き補充兵
既に征きしや班は空なり
――武運強きを祈るのみ――

一装用許されありて写しける
構えしものの様になり得ず
――遺影なりしと誰が言うぞ――

精神の講話ありしも内容の
いかなりしやか今は覚えず
――嘆きを今にわがドタマ――

横隊を組みて捜せる銃口蓋
　夕闇迫る匍匐なるかな
　――兵に紛失の責めは尽きまじ――

発熱を押して励める調練に
　いつしか風邪の逃げて去るなり
　――汗と垢とに参りしかヤイ風の神――

ラクビーの球なる如くぶれありて
　思うに委せぬ投擲なるかな
　――こんな筈ではなかりしに――

何事も無事にこなせる兵なるに
行軍のみはアゴを出しあり
——人に不得手の有るを知る——

蝿を打つごとに吾らをぶちのめす
憎や上履き音のおぞまし
——明治軍化の音なるか——

三月余を過ぎける程に背嚢を
背負いし友のさすが頼もし
——目つき顔つき、色黒きまで——

発令の今日あるらしく満期兵
今や遅しと令を待ち佗ぶ
——ラッパは既に鳴り終えし——
（週番下士ノート持てこい）

禁足令続けありしか外出の
跡絶えしままに町の淋れし
——町に怨嗟の声をきく——

今は亡き友とつつきし牛鍋の
　味はぼたんに劣らざりけり
　――二人して共に打ちしよ舌鼓――
　（時季はずれ、ぼたんは既になし）

携帯の菜は固型の味噌なりし
　歩める吾の胸を焼くなり
　――悲しからずやわが胃弱――

検閲は積もりし雪の長田野に
　受けしを吾の忘れざらめや
　――燻る生木の煙りさえ――

軍律の厳しさ吾の厭わねど
　怺えかねしぞ蔭の差別は
　――やはりありしか兵舎の沙汰も――

他班にも居りしや吾の班内に
　他隊に移りし人のありけり
　――逢うは訣れの始めとか――

実戦に役立つものと思わざる
　薬莢拾いを友の訝る
　――知らざるか資源確保と後一つ――
　（後の一つが本命ならむ）

円陣を組みて歌える輪の中に
調子外れの声もありけり
――調べ恨みのこもりてか――

班長の三度変れど班内は
鵜の毛の穴も変らざりけり
――変りけりなや、わが根性――

デカンショの本場なりしも在隊の
短き故に遂に聞かざり
――せめて一節正調の……――

近々に外地に発つとの噂とぶ
　行方いづこと思いあぐねむ
　　――中支とまでは判りしが――

跳び降りて押してやりたき気の焦る
　帰郷列車の走り遅きに
　　――怨むに非ず鈍行を――

帰営せる者それぞれに暇乞い
　済ませる顔の輝きありし
　　――憂さ晴れ渡る三月過し――

出陣の式に臨まる師団長
眩しき故に顔は覚えず
――名のみを（熊谷閣下）今に……――

混合を打たれ横たう班内に
気怠きまでのしじま漂う
――覚悟の臍を決めあるか――

留守隊の屯営なりせば是非もなや
軍旗拝みて別れたりしに
――七〇旗駐満しありときく――

戦地をば指して営門去りにけり
訣れの桜咲くを待たずに
――我等も散る身ぞ前線に――

情をば交す人なき篠山に
訣れ名残りのなぜに惜しまる
――わが故郷でなかりしに――

屯営のありしことすら幻の
ごとうすれ行く流れなるかな
――終りにとやせむ――

在支戦陣編（雑詠）

初駐留地　（棠添村昭和十五年三月）

激戦の跡なる野辺に波をうつ
　蓮華咲きしを今も忘れじ

営庭の吾等狙いし敵が弾
　土を削りて強く撥ね去る

始めての歩哨に立ちし緊張を
　語らう友の今は少なし

作戦の長きに亘るを新兵の
知る由もなし吾等出で立つ

宣昌作戦（昭和十五年四月）

履きかえし地下足袋の底又抜けし
ぬかりし道の粘り強きに

三日毎震え熱出す者ありし
マラリアなるを始めてぞ知る

襲いくる睡魔追いやる術もなく
眠り覚めつつ寒き夜をゆく

いつ尽きるともなく続く麦畠
揺らぐ穂波のまだ青かりし

炊爨をすませる昨夜のクリークに
死体浮かぶを朝《あした》にぞ知る

いつしかに吾も覚えり眠りつつ
歩める技《わざ》に馴れてこしかな

敵死体転がりありし道をゆく
急追しあるか先攻部隊は

征く道の変更ありしか今日も又
通信筒は落とされにけり

半炊きの飯盒つけて慌ただし
暗き一夜を逃げ惑いしかな

もぎ穫りし胡瓜に渇を癒しつつ
急ぐ夜道の長かりしかな

躇いはあれど虱の巣となりし
千人針を吾の捨て棄《う》つ

当りしや下痢せる者の多かりき
揚げし油の桐油なりせば

縁下の力持ちかやわが支隊
今日も囮の道をゆくなり

叶わざる戦友の思いは吾の又
この侭眠り死に果てたしに

日を重ね春も過ぎけり征く道の
身を灼く夏に移りけるかな

ゆく先に川のあるらし丘進む
人馬俄かに歩み速めし

今日もまた自爆ありしと伝えきく
噂まことの続くは悲し

おぞましやわが軍帽の襟にまで
ところ狭しと虱うごめく

導きの情に帰依の深からむ
　牛に引かれし姿をば見る
（行く先は善光寺ではない！）

升のごと見事掘られし戦車壕
　連なる公路日脚遅かり

落伍者のやはり出でしか中隊は
　逢う度ごとに様変わりあり

闇の夜に単発の音遠く聞く
　敵警戒の脅し弾にや

わが腕の未熟なりしや肝試し
胸をかすりて剣の刺さざり

敵陣地空爆せるを望み見る
久方振りに心晴れるも

掬えども直ぐに濁れる田の水に
焦る炊事のままにならざり

煮染めしも苦さえぐ味に食みならず
徒《あだ》になりたる芋の恨めし

耐えてこし病に勝てず後送の
戦友は淋しく吾にほほ笑む

灼きつける丘から丘への炎天行
頼みの水筒既に空なり

このところ友機の飛来とんと見ず
終了近しと噂流るる

進みゆく道に辿りし史跡の地
戦さ離れて訪いましものを
（当地は三国志ゆかりの地なり）

外国船遠く眺めし紗市の街
忘れ難きや終着の地は

復帰せる中隊既に四年兵
除隊なしあり姿をば見づ

同年兵ちらほらなりし余りにも
少かりしを吾の怪しむ

空仰ぐ暇もありけり展望哨
大陸の秋冴えて果てなし

復帰せる中隊又も離れけり
縁なき衆生と受けとめし吾

南昌時代（昭和十五年十二月）

水含む舟艇担う肩先に
　耐えし重みの痺れ増すなり

待機せる艇の浸水いつしかに
　嵩増し吾の足洗うなり

打ちてこし迫撃弾はゆるやかに
　頭上近くに風を切るなり

軍旗手足滑らすも流石なり
　軍旗倒れず雨の夜をゆく

駄馬隊と敵は侮り囲みきて
　浴せ打ちこしチヱッコ凄まじ

榴散弾ならぬ零射の反撃も
　空し深傷の恨み残れる

捨てられし担架に雨のふりしぶく
　如何《いかが》なりしや担送患者

殻つきの生のままなる落花生
吾にも喰えと戦友《とも》が呉れゆく

跳弾のいたずら悲し暗闇に
米とぐ兵の腹を抉れり

先陣を争うごとく反転の
兵の歩みの乱れて速し

割腹は戯れごとなりと言い切りて
　笑う兵あり遠き昔に
（師団参謀切腹するも失敗。原因は
　作戦の失敗とかなるも詳細は不明）

わが顔に戸惑い見せり戦さ路に
　逢いたる学友《とも》は三度名を問う

あな憎や情が仇のにぎり飯
　チフスの菌もまぶしあるとは

思わざる炊事勤務に回されて
　鯨尾の身のうまさをぞ知る

戦陣訓なるもの出でし長戦さ
厭う心に受け入りしやも

外出の侭ならざりしに飯店に
預けし酒の無駄となるかな

益もなき兵科廃止の何故ぞ
歩兵の誇り傷つけて迄

隅々を知らずに吾の放れけり
南昌の街変りけるかも

安義時代

駐留の長きに吾の忘れまじ
新建県は燕坊左の地

討伐を終えてくつろぐ班内の
ざわめく声の遅くまであり

今日もまた続きてありし転属を
見送る吾の心重しも

新なる悲しみ胸にこみ上ぐる
茶毘ふす霊に銃を捧げば

急かさるる事務終えけるに連絡の
任務待ちおり徹夜せる身に

炭を焼く苦力集いし道溜り
男女交々こえの姦し

続々と陣地の兵の集いこし
今日慰問団、来演の日は

弾抜きて器用に作るペンダント
磨き居りけり満期土産に

班内に始まり居りしヘボ将棋
賭けあるものか野次は飛ばざり

討伐に出払い抜けし班内の
アンペラ床の凍てて冷たし

兵がかく鼾に負けず北風に
泣いてはためく破れ障子は

満期後の欠員埋む補充なく
連日勤務に追われ過しぬ

新設の部隊づくりが生みし傷
防御陣地の増えてゆくなり

クリークの魚が仇なす蕁麻疹
二日が程は痒《かゆ》み苦しむ

陣地より戦友がさげきた鶴の肉
殿の気持ちも味わいにけり

展望哨機銃掃射の逃げ場なく
　堪えし恐れの長かりしやも

軍靴にて踏むも砕けず硬かりし
　米機に見たる風防硝子は

文を絶つ吾に内地の便りあり
　最後の文となりにけるかな

営内のザボン今年も色づけり
　酢つばき味の穫り手とてなし

空振りに終りたるかや雉子狩りは
　雁首揃えて手ぶらなりけり

近づける満期に活気漲りて
　隊内明るきムード拡がる

陣地にて飼われありけり軍用犬
　味方兵士に吠えて疎まる

長征の噂まことになりけるか
　満期は既に取り消されあり

長征の気配悟るか徴発を
恐れ苦力の少なくなりし

満期をば消され不満の兵交る
連絡帰隊の遅れ続けり

飛び通う噂は暗き話しのみ
長征の令遂に出でけり

集結の兵は口数少なかり
皆神経を尖らしありし

永駐と思いし営地去る夜の
村静まりて火影少なし

湘桂作戦（昭和十九年四月）

いつ忍び入りしや吾に赤痢菌
脱落無念任務解かるる

後に知るわが聯隊の迫砲隊
敵攻略に威力ありしと

余りにも彼我の機影の隔たりし
　歯牙にもかけず米機空ゆく

攻防に熾烈極めし岳麓山
　不参の吾の後めたしも

追及の小隊なりせば持てる武器
　限られありて敵を避けゆく

落下傘揺らぐと見しや炸裂す
　馳せゆく戦車の鼻先近く

畦道に身を伏す兵を舐めるごと
米機掃射を繰り返すなり

炊事せるかまどの上に不発弾
知らぬが仏の思い出遠し

執拗にさぐり窺う敵米機
二旋三旋まいて飛び去る

川渉り急げる足の重かりし
水漬《みづ》ける靴の唄い出すなり

戦さとは言うには足らぬ小競合
払いし犠牲の少なからざり

この辺り鉄の産地かむき出しの
鉄塊見つつ線路地をゆく

松葉をば捲きて吸いあり黍《きび》の毛も
習いて吾の蕗《ふき》をくゆらす

他部隊の伝単撒かれし松林
交進交叉危ふみてゆく

今日よりは絵空事よとよも言わじ
奇峯奇巌のそびえ立ちしに
（只々桂林近辺の景には脱帽）

駄馬隊の苦労の程も偲ばるる
蹄の草鞋困らざりしや

岩肌を登り辿りし分哨に
煙る氷雨の風の冷たし

山脈に満つる砲声警戒の
渓間の闇に溶けて消えゆく

砲声の稍静まりし朝まだき
晴れ間見えしも又降り初めし

一人とて気付かばうちくる砲弾に
敵が最後のあがきとぞ見し

荼毘にふす野辺の送りのいつ迄も
けむり棚引き袖に纏わる

致命傷受けてありしか敵将校
訊問最中《さなか》命果てたり

桂林陥落（昭和十九年十一月）

誤ちて友が友刺す奇禍ありし
　俘虜連行の道のなかばに

陥しなばあとは用なき桂林を
　後に吾等は遠き道ゆく

知らで行くわが足元にむき出でし
　諸に川原が畠とぞ知る

うどん玉ほども出しある兵もいし
吾にも居たり回虫おぞまし

コレラにて無人となりし村のあり
追われる如く急ぎ離れぬ

敵自身己が糧秣焼くけむり
夏空高くそびえ立つなり

コレラなる疑い持たれ後送の
兵の居りしが遂に帰らず

看護《みと》らるる人なき野戦収容所
一人逝きける訃報嘆かふ

サト黍を噛り乍らの雨の中
小用足しつつ今日も道ゆく

状況は特に悪しと申し継ぎ
先駐部隊南めざせり

以後柳城

新来の吾等舐めしか新敵は
　攻めきて夜半の緒戦となれり

連絡に出でし小隊帰りくる
　犠牲ありしか遺骨抱かるる

久方の獲物を鍋に囲みなば
　なごむ話しに時の更けゆく

大隊の移り来りて始まりぬ
陣地構築川の中洲に

敵情の稍おさまりしこの日頃
暇見て巻きおり辛き莨を

何運びあるや米機の今日もまた
今新年の明けし空ゆく

情況の悪しき兆しか徴発隊
襲われ一兵狙撃に斃れし

炊煙を見つけられしか朝まだき
爆撃受けあり大隊本部は

束の間の宿となりしや柳城に
別れ告げ去る時は来にけり

柳城出発

対岸のつつ音いやに嵩高し
民兵打ちしヤン砲ならむ

妻ありし召集兵の散りゆけり
秋にあらねど哀れ覚ゆる

わが後に続ける兵の倒れけり
照準定め待伏せありしか

夜もすがら歩きし道のこは如何に
元振り出しに戻りあるとは

眠りつつ歩ける兵の今日もまた
雨降る道に怒鳴られありし

逓伝を聞くや否やに爆音の
早も吾等が頭上に低し

機影避け仮寝を昼の草枕
日中に結ぶ夢路浅しも

地雷踏む不慮のありしかぬばたまの
闇に一瞬音の轟く

汗流し籾収集に明け暮れし
日々もありけり今に懐かし

運江墟（短期駐地）

儲備券（軍票）の万円札の現わるる
前途暗きを思わしめけり

追及の補充要員つきにけり
本土空襲されあるを知る

膨らみし背嚢負いし南下の兵
関東軍と答えゆきしが

こみ上げる悲しみ胸に白木箱
辛き任務や遺骨護送は

今も尚進攻部隊のあるを聴く
武器弾薬の補いありてや

敵も意地あるを知らでか軍の尚
無策の袖を振るいあるかな

我が部隊他に転用と伝え聞く
模索の道は遠くありけり

北上行

不明者の遂に出でけり強行軍
　目醒めの悪き朝を迎えし

強行に続く連夜の強行軍
　隊伍はいつも乱れありけり

名も知れぬ土地にありせば尚更に
　自爆せる兵悼ましかりし

一兵の損傷なきを願いつつ
　敵を避けゆく闇路の険し

口交す閑なき出逢い久方に
　わが三大隊に合うは嬉しき

追々と敵抵抗の影薄し
　わが警備地に近づきあるか

条約の廃棄ありしを知らずして
　ロシア参戦吾の怪しむ

一目なと寄りて見たきや安義の地
覗きもならず足伸ばすかな

安義周辺（以下敗戦行）

敗戦の噂は既にゆきわたり
歩める吾等の言葉少なし

一木はおろか十年一草も
生えぬ噂に驚き深し

塩刷ける顔の夫夫《それぞれ》違え共
炎天の路一つをばゆく

負けし身の行く路までも拒まれし
指示さる途の日暮れて遠し

蛆わきし奈良漬とくに旨かりし
兵が見つけし古里の味

合作の夢も怪しく諍の
始まりありとゆく道に聴く

憎しみの余りてあるか鶏の
一羽だに購い得ざりし

対岸は南京なりと兵の言う
辿りつきける収容の地は

収容生活始まる（浦口）

心から気は抜かざるも戎衣脱ぎ
夜を過す夜の幾歳振りぞ

銃執りし手に鋤鍬の馴れもせで
畠しごとの捗り遅し

続々と帰隊者増えりその中に
顔見忘れし兵も居りけり

出しあいて味わう湯豆腐また旨し
自由きかざる身にあればこそ

入隊を誘う人あり新四軍（共産党兵）
元皇軍と知るは悲しき

一日の糧は二合の米なりし
　原地除隊をする者出でし

帰隊せる兵が持込む豚一頭
　思わぬ馳走の宴となりぬ

やむを得ず国民軍に手を貸せし
　部隊もありと噂入りくる

数々の使役ありしが南京の
　使役は兵に喜こばれあり

今までは見向きもせざる豚の爪
　珍味佳肴と喰らうも侘し

持て余す閑に交《まじ》わる花かるた
　博打の味も覚えけるかな

帰還令待ち佗ぶ吾等に噂のみ
　飛び交いありて今年も過ぎゆく

復員の妨げなきや深まりし
　国共の争い憂いやらるる

誘われし共産軍に参加せし
兵の出でしを人伝にきく

魚つりを楽しむ戦友の一人居し
悲しや獲物雑魚ばかりなり

襲われし中隊ありと噂あり
真偽の程はその後きかずも

伸びし鬚気にはならねどむさ苦し
頭髪のみは困り果てける

待ち侘びし刻はきにけり朝まだき
遂に出でけり帰還命令

企める長き停車の無蓋車に
降り込む雨の冷たかりけり

新兵時大陸一歩踏みし土地
着きける呉淞六年振りなり

すし詰めの艦艇なれど復員の
潮路にあれば心浮き立つ

目に写る緑の色も鮮やかに
佐世保みなとは吾等迎えし
とき昭和二十一年二月九日なり

あとがき

生死を賭けた日々を過ごした戦地での思い出は、今も夢に現れ時に触れ折に触れ、回想となって脳裏に去来する。軍隊が決して楽しいものでは無かった筈なのにである。その夢や回想も、時と場によって暗く明るく又はゆらいで、まるで回り灯篭を見ている様で、幻想的である。が不思議なことに既に見たものは、二度三度と続けて見るものの、突飛なものや事新らしいものを見ることが無い。

軍隊という特異性が生み出した過去帯の中には、空想や普遍的なものは寸景たり共、這入りこむ余地はないのであろう。その夢が戦闘の場であったり、炎天下の行軍時であったりするが、夢は夢で束の間のことである。

夢が回想を呼び、回想が追憶に繋がり丁度、灯かりの消えぬ限り巡りを止めぬ走馬灯の様に、筆者も戻らぬ夢を、見続けるような気がしてならぬ。依って灯篭に名をかり表題を走馬灯とした。
幸にして本書が、読者憩いの場に友として、暫しの刻を得ば望外の喜びとするものである。

著者

著者プロフィール

西村　實（にしむら みのる）

大正８年８月大阪市に生まれる。
昭和14年12月現役兵として、篠山歩兵第70聯隊に入隊。翌15年３月渡支第34師団歩兵第216聯隊（後に防諜名椿6842部隊）第２中隊に転属。爾後中支各地に転戦軍務に服す。終戦により昭和21年２月復員現在に至る。

歌集　走馬灯

2003年３月15日　初版第１刷発行

著　者　西村　實
発行者　瓜谷 綱延
発行所　株式会社文芸社
〒160-0022　東京都新宿区新宿１－10－１
電話　03-5369-3060（編集）
03-5369-2299（販売）
振替　00190-8-728265

印刷所　株式会社ユニックス

ISBN4-8355-5411-6 C0092